T0047741

Del aire al aire

ROGELIO GUEDEA

Del aire al aire

A Melcher Media Durabook

Del aire al aire
Rogelio Guedea

© 2004 Rogelio Guedea
© 2004 Thule Ediciones, S.L.

Diseño de cubierta: Tamara Peña
Maquetación: Aloe Azid
Corrección: Jorge González

DuraBook™ es una marca registrada de Melcher Media, Inc.,
n.º de patente 6,773,034, 124 West 13th Street,
New York, NY 10011, www.melcher.com
El formato DuraBook™ utiliza una tecnología revolucionaria
que lo hace completamente impermeable y de larga duración.

ISBN: 84-933734-3-5

Impreso en China

www.thuleediciones.com

París de cuerpo entero

Él no conocía París, pero tenía en la universidad una amiga francesa que se ofreció a enseñárselo. Lo llevaría hasta el último recodo, de orilla a orilla. La condición: que se dejara seducir. Que no opusiera resistencia. Él asintió con la cabeza y sonrió un instante.

Apenas cerraron la puerta de la habitación del hotel, ella corrió las cortinas, apagó la luz y lo hizo entrar en la cama. Cinco días con sus noches estuvieron sus almas luchando cuerpo a cuerpo. Sólo hicieron tregua para beber un poco de la luz que se colaba por las rendijas.

Cuando regresó a su país, y le preguntaron por plazas y museos, por calles y jardines, él, que no había pisado ni la acera contigua al edificio, se quedó maravillado cuando empezó a responder con la minuciosidad de un relojero.

Carretera

A diario, o casi a diario, salgo a carretera. Con el pensamiento abierto al pensamiento, y la mano fija en el volante, mis ojos miran hacia delante y hacia atrás, como en la vida. No hay una mejor manera de revivir a los muertos ni una peor forma de mantener viva la esperanza. Durante el trayecto, uno puede perdonarse o tal vez convencerse de que no es fácil saber si el destino lo vamos haciendo metro a metro, kilómetro a kilómetro, o si él, por el contrario, nos va entrando piel a piel, hueso a hueso. La velocidad, lo sabe uno desde que arranca, no es el factor esencial, por eso no hay que preocuparse por llegar a la ciudad próxima, no hay ciudad próxima, sólo acotamientos, retenes, puntos de fuga. El que va siempre vuelve, porque viajar es volver, quedarse quieto. Esto me lo enseñó el hombre que a diario, o casi a diario, veo caminando a la orilla de la cinta asfáltica, descalzo, perdido. Ese hombre que, cada vez que paso, me dice adiós desde el otro lado, fuera ya de la carretera de la vida, con ese gesto del que pretende decirte que, si no te sales, seguirás en el rumbo equivocado.

Obra inmortal

Se acepte o no, uno no escribe para ganarse la vida, el pan o un puesto en el gobierno. Uno no escribe tampoco para que lo quieran más, como se dice, o porque uno no tiene otra cosa mejor que hacer, o porque en realidad es una forma de vivir, y para eso uno inventa que escribiendo vive mejor y está más complacido con lo que le rodea, y no le importan los premios ni que le digan que uno escribe muy bien y ha transformado la vida de mucha gente. Uno no escribe para eso, a saber, ni para cambiar el mundo, ni mucho menos para cambiarse a sí mismo. Esas cosas, me vengo enterando ahora, son cobardías que dice el que escribe para distraer al lector, o para que éste crea realmente que es uno una persona humilde, sensible y trascendental, y para que lo admiren a uno y le pongan su nombre en una calle, y le hagan un homenaje y sus libros se vendan como el pan de las panaderías, y el escritor diga que él realmente no quería eso, y que si llegó el éxito pues bienvenido sea, pero que en realidad a él no le importa la fama ni que sus libros se vendan como el pan de las panaderías. Nada de eso. Uno no escribe para que todos piensen: mira, ese sí es un escritor de verdad, no desea nada, no espera nada, nada que no sea escribir le reconforta. Y luego uno vaya contando que, bueno, sinceramente no esperaba tanto, que hubiera preferido pasar indiferente, que en verdad le hubiera dado lo mismo, aunque en realidad uno piense todo lo contrario, y se muera de rabia al no aparecer en la lista de los diez mejores, y llore de coraje al no ser citado en las reuniones de prominentes, e invitado a los congresos internacionales. Eso es lo que el que escribe desea, como si en realidad el asunto de la inmortalidad fuera cosa de dioses y quinielas.

Los pasos perdidos

El hombre cerró los ojos y pidió que lo buscaran. La familia, que estaba desperdigada por toda la casa, no titubeó en aceptar el reto. Se organizaron por zonas. A unos les correspondió el patio trasero, a otros las habitaciones y el baño, y al resto la sala y el comedor. Aunque la empresa parecía sencilla, en realidad les llevó la tarde entera y parte de la noche. El hombre permaneció impertérrito en el sofá hasta el último instante, fumando cigarrillos como un obseso. Cuando la familia estuvo a punto de rendirse, el hombre abrió el ojo izquierdo y vio que la nena más pequeña de la casa venía caminando hacia él con los mismos pasos que diez años atrás había perdido en un armario.

Variaciones sobre un mismo tema

I. *Las palabras*

De pronto piensa uno que más allá de la palabra amor o desamor no existe más nada. O que más allá de la palabra mar o de la palabra cielo, tampoco. Uno piensa que echar a volar palabras como justicia o revolución no tiene razón que valga. O que la palabra pájaro o primavera nada tienen que hacer aquí, que mejor agarren sus maletas y se vayan. Uno se pone a pensar, de veras, a veces, en la inutilidad de traer a la página tantas palabras inútiles. Palabras que no sirven para castigar a políticos o padres de la iglesia. Palabras que no sanarán al desahuciado o no alegrarán al que se quedó sin esperanza. Dicen que no falta nunca una palabra de aliento, pero yo quiero preguntarme —y me pregunto— qué pasaría si todas las palabras se juntaran en una sola voz, que una palabra sobre otra palabra (como una piedra sobre otra piedra) cayeran en esta misma página en la que escribo ahora, y la llenaran de ríos, mariposas, árboles, cuerpos de mujer, trenes, continentes, y poco a poco le fueran quitando esta distancia y este adiós que como se me derrama en esta noche.

II. *Auto de fe*

A veces, en alguno de esos exabruptos que le vienen a uno en aeropuertos o terminales de autobuses, me pregunto a dónde quiero llegar con todo esto, es decir, con esto de llenar páginas y páginas de historias en las que siempre aparece la noche o poemas en los que nunca faltan unos ojos de mujer. Tan desmesurado avanzar, me pregunto, hacia qué sitio se dirige. Mi madre frecuentemente me lo increpa, sin ella siquiera saber que lo que me pregunta tal vez sea una de las situaciones que más aquejan el alma de un escribidor. ¿Sirve de algo, hijo, llenar tantas páginas con tantas cosas?, me dice. No lo sé, madre. Las probabilidades de que sirva de algo la escritura son las mismas que las probabilidades de que no sirva de nada.

Entonces, después de mi respuesta, se me instala en la boca del estómago un dolor que la mayoría de las ocasiones me arrastra a pesar de que, en efecto, nada puedan hacer las palabras en un país como este, y si algo pueden no es cosa —como bien me lo han hecho ver ellas mismas—, no es cosa que a mí me ataña.

III. *Creadores al desnudo*

He conversado personalmente con bastantes escritores y poetas, y la mayoría de ellos, cuando les pregunto acerca de cuestiones simples, como la vida o como la misma tristeza o alegría que produce vivir, no saben qué responderme, cambian el rumbo de la charla, estornudan o se rascan el cuello.

Regularmente, es curioso, la vida y sus tristezas, sus alegrías, cosas tan simples como lavarse las manos, no ocupan ningún lugar en sus preocupaciones esenciales. Más bien, sus penas giran en torno a temas como la imposibilidad de escribir con libertad en una sociedad eminentemente capitalista o como la dificultad de no poder integrar a sus espacios ficcionales ningún atisbo estilístico de escritores iraquíes, por tener éstos irrebatiblemente matices subversivos.

Pero pocos o ninguno me dicen, con la espontaneidad de un niño, que los recursos, los modos y las palabras que los hicieron nacer sólo se ajustan al alma y al cuerpo, y no viceversa. Y que no hay palabras, recursos o modos que no nazcan a partir de una necesidad del alma o del cuerpo por decir su gozo o pena.

Sin embargo no es así, y los escritores y poetas con los que he hablado se han enfadado conmigo cuando les he dicho que una cosa es, señores, perder el tiempo en ese tipo de naderías y otra cosa es otra cosa.

Paseo del tiempo

La madre de vestido azul hasta un poco más arriba de las rodillas suelta la mano del niño frente a la inmensa puerta cancel de la escuela Basilio Vadillo. El niño, de pantalones cortos, zapatos negros recién lustrados, pelo engominado con partidura en medio, manos delgadas y mochila a la espalda, cierra los ojos y, con la imaginación, empieza a recorrer el pórtico de la escuela, el patio cívico, las canchas de básquetbol, más allá el andador que lleva al segundo piso, un aula, otra aula, la cooperativa, los bebederos, la dirección, luego entra en una sala de clases, se sienta en un pupitre, al lado de él una compañera de pestañas grandes realiza unas operaciones matemáticas, el maestro le llama la atención por no hacer su trabajo, le pide que se ponga de espaldas en la esquina del salón, él se levanta, mira por la ventana el pasar de los transeúntes, se pone de espaldas en la pared, luego sale de la sala de clases y va al baño, se saca el pizarrín y hace chis chis en el retrete, se pincha un dedo con el cierre de la bragueta, dice ay, regresa por el pasillo y vuelve a colocarse de espaldas en la esquina del salón. Cuando abre los ojos, ya no es un niño sino un hombre que no puede renunciar a derramar un par de lágrimas al ver que su hijo, o él mismo, entrará a esa escuela llena de sueños y esperanzas que no acabarán de nacer.

Enfermos

Salgo del periódico a eso de la una de la madrugada y justo frente al Seguro Social pienso que no sería malo llegar a visitar al enfermo que, por una razón u otra, no ha sido visitado desde que ingresó al nosocomio. Titubeo un poco, pues no hay nada peor que interrumpir el sueño de los convalecientes, pero en el primer retorno doy vuelta casi sin pensar y llego hasta la recepción de la clínica. Entonces le digo a la enfermera: vengo a ver al enfermo que no ha sido visitado desde que ingresó al hospital, señorita enfermera, pero con la única condición de que esté aún despierto. La enfermera me mira un poco con asombro, un poco con incredulidad, y después de hacerme firmar la hoja de registro, me indica que vaya por ese pasillo hasta la habitación 23. Le digo muchas gracias, camino por el pasillo, entro en la habitación y me encuentro con un viejito de naricilla chata. Me acerco a su camilla y le digo: pero no me ponga esa cara, abuelito, por favor, que no le haré ningún trasplante. Mire, la verdad es que pasaba por aquí y pensé que tal vez se le ofrecía algo, ya ve usted que uno nunca sabe. El abuelito entonces me responde: pues fíjese usted que tengo unas ganas inmensas de jugar una partida de ajedrez, ¿no le apetecería acaso? Le prometo que seré condescendiente. La verdad es que tampoco resisto la tentación, le digo, y no me importa que se prolongue hasta las tantas de las tantas, al fin que he dejado cerrada la llave del gas y puestos los cerrojos de la puerta trasera. Ah, dice el abuelito, entonces estoy frente a un hombre precavido. Si usted así lo considera, le digo. Y él: yo a su edad no salía de casa sin antes no cerrar la llave del gas y poner los cerrojos de la puerta trasera. Qué curioso, le digo. Entonces estoy también frente a un abuelito precavido, por lo que veo. Si usted así lo considera, me dice. Y luego: ¿no le pasa que se levanta en las noches a apagar el ventilador y a encender la luz del baño? No me diga que a usted le sucedía lo mismo. Sí, me dice. Y luego me daba por voltear los cojines de la sala y encender el televisor. ¿Y no se enfurecía su mujer? Se moría de rabia. Y yo: igual le pasa a la mía. No me diga. Sí. Ja. Mire, acérqueme el tablero de una buena vez, está ahí, debajo de esa sábana. Voy por el tablero, y mientras acomodo la piezas, el viejito se sienta en el borde de la cama y, gustoso, prácticamente renovado, me cuenta de cuando adquirió la costumbre de levantar a su mujer a las tantas de las tantas sólo para decirle que, aunque no se casó con ella por amor, ahora disfrutaba como un loco apostar a ver quién llegaba al último en el juego de las serpientes y escaleras o a ver quién lograba encontrar, sin abrir un instante los ojos, una aguja en un pajar.

Vidas paralelas

Él y ella, los viernes, suelen comprar una barra de pan blanco a la que le untan un poco de mermelada de cereza. Después, le enfundan al nene una gorra de almirante y unos zapatos lindos de marinero y toman el autobús en la esquina del jardín con rumbo a la laguna o al río estancado. Tienden un mantel amarillo sobre la hierba y mientras el nene juega a hacer ondas en el agua con pequeñas piedritas que coge de aquí y de allá, ella acaricia o besa el hombro de él, y él le responde con otra caricia o con un parece que va a llover, que es la forma en que él le dice a ella que la ama con un amor distinto pero siempre más profundo. Ella es tierna, ciertamente, y en sus ojos hay algo de campo abierto o de pájaro libre. Mientras el nene viene y come un poco de pan con mermelada y agua fresca de limón y luego se vuelve para hacer verdaderas fortalezas con pequeñas piedritas que coge de aquí y de allá, ella le habla a él de lo feliz que ha sido durante el tiempo que han estado juntos, y de lo protegida que se siente a su lado, y de lo segura también. Ella habla como si estuviera hablando con el alma misma y él escucha como si en su corazón sólo se anidara su voz, la de ella. Por la noche de ese viernes, nuevamente, ella dejaría dormido al nene en su cuna y él la despediría con besos tiernos y deseos de que le vaya bien y de que el número, su número estelar en el centro nocturno en el que trabaja cada noche de cada día, le salga estupendamente y todos lo aplaudan, como siempre.

La amorosa vigilia

Abordo el autobús en la Ciudad de México y me apoltrono en el asiento número veintidós. Momentos después, llega al asiento de al lado una mujercita con una niña en brazos. Al voltear, me doy cuenta de que la niña me mira y me sonríe como esperando que yo le conteste el saludo o le haga una mueca o tal vez vaya y le haga cosquillas en la barriga con el dedo índice. Me sonrío y luego miro a la mujercita, de algunos veinte años a lo sumo.

La mujercita me recuerda a mi madre, cuando mi madre me llevaba en el autobús y solía mirar por la ventanilla con la esperanza de ver un adiós o un hasta pronto. La mujercita saca de una mochila el biberón de la nena, batalla para extraer un babero, la niña se queja, llora un poco, la mujercita le da palmaditas en la espalda para que se calme, se cae una frazada, cae también una bolsa con medicinas, el chofer apaga las luces.

Después de tomarse el biberón de leche, la niña, en brazos de la mujercita, se queda dormida, y la mujercita, con la mirada fija en un punto que no alcanzo a tentar con la mirada, empieza a recorrer kilómetro a kilómetro el largo viaje que nos espera. No cierra un instante los ojos. Y a mí, cada vez, me conmueve más verla así, tan mujercita, tan frágil, con esas manos blancas y en ocasiones temblorosas que, durante todo el camino, no hicieron sino anudarse al alma tierna de su pequeña esperanza.

Mujer de alto vuelo

No puedo ver a una mujer sin imaginarme cómo sería mi vida junto a ella. Hago esfuerzos sobrehumanos para evitarlo, para persuadirme de que la mujer tiene otros ángulos, otros puntos de mira, otros paraderos, pero es inútil. Siempre termino pensando cómo sería mi vida con esa mujer.

Cuando embarqué en el avión que me trajo a Madrid, pensé —como casi siempre lo hago— que esta vez procuraría distraerme con el periódico o el libro que llevaba bajo el brazo. Quizá estiraría un poco los pies, me colocaría los audífonos y no me movería hasta no escuchar el anuncio de nuestro aterrizaje en el aeropuerto de Barajas.

Así lo pensé —como casi siempre lo hago—, pero cuando la sobrecargo me tocó en el antebrazo para preguntarme si la maleta esa que había quedado fuera del compartimiento era mía, el asunto cambió. Los ojos españoles de la sobrecargo y mis ojos se miraron como si se conocieran de vidas atrás. Ella me sonrió con una ternura indescriptible y yo le dije sí, gracias, como cuando una mujer ayuda al hombre que ama a subir un escalón o una cerca.

Lo que vendría después es largo de contar, porque

está lleno de miradas, preguntas sobre esto y aquello, confesiones, sueños, deseos, respuestas entrecortadas, anécdotas, risas, un poco de ron y citas impostergables.

En un momento de la charla —ella era tan hermosa y había resuelto quedarse en el asiento de al lado— se acercaron tanto nuestros labios que seguramente llegaron a tocarse. No lo sé. Sólo recuerdo que, antes de desembarcar del avión, me vino el presentimiento de que ese adiós que salía de sus manos blancas me dolería para siempre.

Miradas que atan

Desde el balcón del departamento cordobés en el que estoy ahora puedo ver a un hombre. El hombre está sentado en una banca del bello andador. El hombre es un hombre entre los hombres. Sentado, solo, con una pierna sobre la otra, el hombre mueve las manos como si explicara algo a alguien o como si intentara convencerse de que nadie, en verdad que nadie, le acompaña. El hombre sentado en una banca del bello andador se levanta. Camina un poco hacia delante. Vuelve sobre sus pasos. Con las manos enfundadas en los bolsillos del pantalón observa a la pareja o a la niña que pasea en bicicleta. Echa la frente hacia atrás. Vuelve a sentarse. Yo lo miro desde el balcón del departamento cordobés. El hombre está sentado y piensa, tal vez, que alguien lo observa. Imagina que un hombre lo mira desde el balcón del departamento cordobés. El hombre es un hombre entre los hombres. De pie, solo, con las manos apoyadas en la baranda del balcón, el hombre que lo observa aprieta los labios como si explicara algo a alguien o como si intentara convencerse de que el hombre que está sentado en la banca del bello andador, y que ahora se pierde en una calle sin rumbo, es él mismo.

Otros mundos

Debajo de la realidad real, como se sabe, hay una realidad imaginaria. Esta realidad imaginaria, que camina de la mano de la realidad real —aunque en ocasiones se adelanta o se atrasa a capricho— es imposible verla. Intuirla tal vez, pero no verla. Su maravilla está, precisamente, en el misterio que esconde. Cuando sale a la luz —y la palpamos— se vuelve escurridiza, se vuelve real, por eso no podemos distinguirla. Para atraparla —como la atrapa el poeta, ese es su don— debemos abandonarnos al azar, rebelarnos a la costumbre, girar cuando haya que seguir derecho, detenerse cuando haya que avanzar. De esta forma, la realidad imaginaria sale a flote, y la realidad real, la verdadera, se esfuma como el humo o el aire entre las manos. El territorio de lo imaginario es más fascinante y más real que el territorio de lo real, eso ya nadie puede negarlo, como tampoco nadie puede negar la alegría que produce entrar en un cuerpo de mujer y no encontrar sino un valle de palomas deslumbradas.

Cartas que no se envían

Un día amaneció profundamente enamorado de una mujer casada. No podía creerlo. En un primer momento, pensó que el sentimiento era una prolongación del sueño que había tenido, pero después, cuando salió de la ducha fría, se dio cuenta de que en realidad se había enamorado de una mujer casada. Esa mujer tenía nombre y domicilio, tres hijos y un marido que odiaba la sopa de lentejas y que solía quedarse hasta las tantas viendo las caricaturas. Sufrió mucho con el nuevo sentimiento que le había venido de no se sabe dónde. Lo hospedó como se hospeda a un familiar o a un gato abandonado. Pero una buena tarde cogió el teléfono y la llamó. ¿Eres tú, mujer?, preguntó titubeante. No quería ser abrupto. No quería decirle que había tenido un sueño subversivo. Ni que no tuvo tiempo de abandonarlo en la plaza, ni tampoco de olvidarlo mientras comía en el bar. Yo entiendo, mujer, que quieres mucho a Eduardo, continuó. Era verdad que en un principio no descartó la posibilidad de decírselo a través de novelas de amores difíciles o de cuentos de infieles, pero sabía que esas maneras ya estaban caducas. Más bien estaba sorprendido. Se sentía extranjero de lo que estaba diciendo. Las palabras se le rebelaban. He amanecido profundamente enamorado de ti, dijo finalmente. Del otro lado de la línea sólo se hizo un silencio prolongado, agobiante, como suele ser el silencio que dice siempre más que las palabras.

Visiones citadinas

Miro a un hombre que mira a una mujer que me mira. La mirada del hombre quiere darme señales, indicios, presagios de algo. Trato de interpretar lo primero que se me viene a la cabeza. Pienso que a la mujer acaban de echarla del empleo. Tiene enferma a su madre. Tal vez su perro se le ha escapado por la ventanilla de la cocina. La mirada del hombre, profunda y valerosa, mira fijamente a la mujer que me mira. En sus ojos alcanzo a distinguir océanos, valles, calles sin final. Logro vislumbrar países, vuelos, algunas fábricas y campanas, pero no consigo descifrar el misterio de sus ojos. Al salir de la estación, una mujer me detiene por la espalda. En su mano delgada hay un temblor que reconozco.

El escritor sin rostro

Tenía la costumbre el novelista de discutir con su editor acerca de lo mal que estaba distribuida la riqueza en el país, o de lo mucho que le dolía el deterioro que padecía la naturaleza en los últimos años, o incluso del pésimo diseño de los programas de literatura en las universidades públicas. Sin embargo, esa mañana, mientras hablaban precisamente de los perjuicios que trajo el materialismo dialéctico, el editor le sugirió al novelista algunos cambios a su última novela. Le dijo que no se alarmara, que sólo se trataba de giros sin importancia, de modificaciones intrascendentes.

A los pocos días, el novelista recibió el manuscrito con las correcciones y las miró con lupa, cerciorándose de que, efectivamente, no lesionaban lo esencial. Entonces las aceptó. Semanas después —y sin mediar palabra—, volvió a recibir el manuscrito con algunas modificaciones más: se trataba de ciertas comas, unas cuantas preposiciones y unos cambios ligerísimos en la sintaxis. El novelista las volvió a mirar con lupa y, aunque un poco a regañadientes, no tuvo más que aceptar que el editor no se equivocaba.

Así, la última novela del novelista fue pasando poco

a poco de ser una masa de palabras informes, de de-
queísmos y latiguillos, de anacolutos y pleonasmos, de
cacologías y solecismos, a un texto transparente y co-
rrecto, en el que el escritor, como suele suceder, se sintió extraño y solo, como esos fantasmas que entran con
los ojos cerrados en una ciudad perdida.

Ondas que trascienden

Como se escapa una paloma de las manos, así se le escapó de la boca la palabra piedra. La palabra piedra golpeó una cejilla de la mesa y cayó al suelo, rodando por el césped. Luego cruzó la calle y el jardín, dio vuelta en la esquina, continuó en dirección recta y entró en la zona arbolada. Bajó por la avenida, llegó a la huerta, rodeó el guamúchil, se detuvo en el borde del estanque y, después de perder el equilibrio, se abismó en las aguas claras produciendo una onda tan grande que los bañistas no repararon en pensar que se trataba del fin del mundo.

Filosofía del árbol

De unos años a este calendario, el problema de las palabras me preocupa cada vez más, sobre todo cuando se asume de manera tácita que gracias a ellas la vida puede interpretar nuestros más finos deseos o nuestras más perversas voluntades.

No sé por qué tengo la sospecha de que el silencio va minando, poco a poco, el poderío de la palabra, la va venciendo sin levantar rumor siquiera. Y es que para amar, no basta la palabra noche, azul, patio silvestre. Para llorar, no basta tampoco la palabra otoño, lluvia o flor del cielo. No se hace una guerra juntando la palabra odio y la palabra hambre. Ni se hace la paz con la palabra libertad.

El problema es más serio de lo que parece. Aunque hay quien dice que todo es un problema de palabras, yo digo que todo es un problema de silencios. Creo, como Onetti, que una palabra tiene derecho de nacer sólo si vale más que el silencio, de ahí que no sea lo mismo la palabra silla que sentarse ni sea lo mismo la palabra amor que amar.

Como el árbol que está en las afueras de mi casa ha entendido de siempre lo que he dicho, esta mañana amaneció lleno de pájaros.

Variaciones sobre un mismo tema

I. *La felicidad es un abismo*

No sé dónde lo leí, o dónde lo escuché, o en qué sitió la idea me entró como un halo de luz a la memoria, pero el presentimiento de la muerte es más doloroso que la muerte misma, si es que la muerte existe. Yo, de entrada, creo en la muerte, y más cuando tengo el corazón lleno de amor. Amor y muerte, esa pareja que puede diluirse en un vasito de agua, y confundirse si se quiere, y beberse como se bebe un tarro de tequila, son para mí dos seres extraños que se encuentran en un cuarto de hotel y se aman hasta la desesperación.

No quiero con esto anunciar nada, ni nada descubrir, que ya bastante tiene uno con ir por estas calles de dios a paso limpio, pero si es verdad que el que ama está dispuesto a morir, o que el que muere no muere realmente si lo hizo por amor, entonces la muerte no es una desdicha, ni el que ama un desdichado.

Cuanto más crezca el amor en el alma, más crecerá también la presencia de la muerte, porque siempre en los límites de la felicidad hay un abismo, un abismo que, como se sabe, nunca tiene una ventana al mar.

II. *Celebración de la inocencia*

Mientras yo leo *El hombre del Luxemburgo*, de Arnaldo Calveyra, y mi mujer está en la cocina lavando los trastos sucios y silbando una canción de Cri-cri, mi hijo de un año cuatro meses juega con su cochecito de plástico en la sala de la casa. De rodillas en el suelo, lo lleva y lo hace pasar por la mesa de centro, lo hace bajar por la pata del sillón, hace run run cuando lo arrastra por el suelo, lo gira hacia la izquierda, hacia la derecha, lo levanta en vilo hasta tocar el cielo y luego, en bajada rauda, lo estrella contra la pared evitando que sufra alguna abolladura. En eso, mi hijo se detiene de súbito frente a la muerte, que se le atraviesa intempestivamente como un taxista ebrio. La mira un instante, hace run run run y, sin pensarlo dos veces, pasa las cuatro llantas de su cochecito por encima de la desdichada.

La realidad, la noche

Ahora mismo que escribo y que tú me lees, quisiera que supieras, que supieras realmente, que en este momento hay un hombre desconocido cortando el pasto del jardín del fondo de mi casa. Hay, también, en la baqueta de enfrente una niña y un niño que miran algo que se ha detenido en una rama del almendro. Un carro pasa y pasa una mujer encinta, y yo quisiera que supieras, porque es necesario que lo sepas, que en este cuarto de libros apilados aquí y allá hay unos guantes de box, una guitarra y una ventana por la que entra una música de Daniel Santos. Ha caído ya la noche y ha venido el hombre desconocido a interrumpirme para pedirme una manguera y un pico, que no tengo. En mangas de camisa quisiera que supieras, ahora mismo que escribo y tú me lees, que esto no es la realidad, que podría serlo, pero que no lo es, porque la realidad está cruzando esa puerta, esa calle, esa noche que te digo acaba de caer sobre esta página que, puedo imaginarlo, lees desde cualquier sillón del mundo.

Tantear la noche

El miedo es un buen consejero; el jardín, un buen amigo. Ir al jardín se ha hecho una costumbre, una tarea. Ahí uno junta sus partes abandonadas: la fe —cuando abunda—, el rostro de una mujer, un árbol. Sentarse en la banca, al lado de un hombre de mirada extraviada, es siempre reconfortante. Luego hablarle del calor que ha hecho en el día, mientras se rasgan las vestiduras o se alcanza una flor recién nacida pero muerta. Carraspear, sonreír, volver la vista al chorro de la fuente. Tan simple como colocar sobre la mesa las migas caídas al suelo y, con ellas, hacer del pan corriente un pan ácimo. La vida como una hoja que cae, como algo que vuela. Nada está más allá del acto de mirar, silenciosamente. Si en lugar de hombre fuera uno puerta cancel o mesa o campo de palomas, ¿desde qué lado entonces dolería la vida? Sólo se trata de levantarse y caminar hasta el final de la calle iluminada. Contar los pasos, no detenerse. Mantener correspondencia con la sombra que uno es, interpretar sus lluvias, dejarse seducir. Eso quizá sea lo valedero, si valedero es vivir a ciegas.

Uno no es siempre lo que encuentra

Como le sucede a tantos, yo no puedo mirarme como miro a los demás, aunque me afane. Ni puedo tampoco decirme o aconsejarme que haga esto o aquello porque no termino de creerme lo que tengo o adónde voy o cómo. He descubierto que soy, de mí mismo, el más extraño de los hombres. Cuando me nombran o me llaman, dudo que sea yo el que responde. He llegado a sorprenderme de mis manos o mis pies, que a veces caminan hacia sitios inesperados. Es más fácil ponerme en el lugar del otro, e imaginar los gustos o las manías del vecino, que las mías propias. Hay mañanas en que frente al espejo, mientras me peino, no me reconozco, y entonces, cuando subo al automóvil, y me detengo en el semáforo, y avanzo rumbo a la oficina, procuro no perderme de vista, me persigo intentando apresarme, ponerme en el lugar que soy definitivamente. De no ser por mi mujer, que me reprende cuando no enchufo el televisor, o por mi hijo, que me increpa cuando no lo siento sobre mis piernas, mi cuerpo, estoy seguro, se desmoronaría hasta convertirse en nada. Vivo con el temor de entrar un día cualquiera en una casa ajena y encontrarme ahí, dichoso, como si ahí hubiese estado desde siempre.

El agujero

En realidad, el ojo de la vecina me observaba por el agujero que había en la pared que dividía nuestras casas. No sabía de dónde había venido ese agujero, ni a quién pertenecía, ni por qué no se lo habían llevado consigo los anteriores inquilinos. El agujero estaba ahí, y a través de él el ojo de la vecina me observaba casi con el placer de un ladrón que se ha salido con la suya. O era que así yo lo creía. Cuando por primera vez vi al fondo del agujero el ojo perspicaz de la vecina, me sentí abochornado, intimidado, nervioso. De inmediato modifiqué mis hábitos de vida, utilizando sólo una parte de la casa a fin de evitar cualquier intromisión. No dio resultado. Apenas se dio cuenta de que yo trataba de burlarlo, el agujero empezó a cambiar de sitio, de tal modo que a veces el ojo de la vecina me sorprendía en la ducha o en la habitación o incluso en el patio trasero, donde solía tomar el sol en calzoncillos. En repetidas ocasiones lo llegué a sacar de mi cuarto de libros, porque no me dejaba concentrar, pero el agujero —y detrás de él el ojo de la vecina siempre— se las averiguaba para volver a entrar. Esquivaba el librero, se colaba por entre las pastas de las enciclopedias y volvía a instalarse en la pared de enfrente. Un día, mientras el ojo de la vecina estaba distraído observando el retrato de un hombre que mira a una pared, cogí el agujero y lo eché en una bolsa de plástico, que amarré fuertemente con los cordones de unos zapatos viejos. El agujero estuvo gimiendo toda la noche como un gato herido y no me dejó dormir. Conmovido, en la mañana, desanudé la bolsa y lo dejé salir, seguro de que mañana todas las cosas volverían a la normalidad.

El tiempo que vuelve

Me detuve en el semáforo del puente, en el libramiento de la carretera Guadalajara-Manzanillo, exactamente a la una del día. Aun cuando estaban las calles atestadas de tráfico, vi, al lado de un autobús de pasajeros, la motocicleta. Arriba de ella iba un hombre con su hijo, aferrado a sus costillas como un enamorado a la mujer que insiste en irse. El niño, de escasos treinta kilos de peso, llevaba una mochila de poco más de cuarenta, que seguramente estrellaría en el suelo apenas entrara en el salón de clases.

Me conmovió ver al hombre y al niño aferrado a sus costillas en medio de tanto automóvil intransigente. Puesto el semáforo en verde, arranqué, y no bien hube avanzado unos metros me percaté de que, en realidad, había perdido mi destino y ahora me encontraba justo detrás de la motocicleta azul, como si estuviera siguiéndola o como si alguna fuerza extraña me llevara a no perderla de vista. El niño aferrado a las costillas de su padre no giraba ni un milímetro la cabeza, y la motocicleta adelantaba autos, camiones, se metía por entre las hileras de coches, frenaba abruptamente y volvía a avanzar.

Calles y avenidas pasaron como pasan años. Yo, a

esas alturas, estaba convencido de que el destino no lo hace uno, sino los señalamientos viales. Por eso no reparé en rectificar el rumbo; al contrario, continué siguiendo a la motocicleta hasta que se detuvo en las afueras de la primaria Torres Quintero, donde yo mismo había estudiado hace tantos años ya. El niño bajó y entró por la puerta cancel sin despedirse de su padre, sin mirarle con el adiós en los ojos siquiera, como suelen ser esas despedidas. El padre, por su parte, tampoco se inmutó. Pisó el pedal y arrancó.

Cuando dos calles adelante lo rebasé, puede ver en el rostro de ese hombre el rostro de mi padre.

El oficio

Desilusionado por el poco éxito que tenía como poeta, el escritor decidió hacerse novelista. Buscó una historia que no dijera nada pero que fuera larga, y un buen día —un día de lluvia, por cierto— se sentó a la máquina y empezó a escribir. En poco tiempo —trabajo arduo, constante, disciplinado— tuvo en sus manos la obra terminada: quinientas cuartillas escritas a espacio simple. Pero no se detuvo y, manos a la obra, empezó a corregir cuartilla por cuartilla todo lo que le parecía redundante o soso, fuera de argumento o incidental. Así, aquella obra de quinientos folios se fue convirtiendo en un santiamén en una de cuatrocientos, primero, y luego en una de trescientos, doscientos, ciento cincuenta, ochenta, treinta y, finalmente, quince.

Por consiguiente, y haciéndole guerra a la ingenuidad, el escritor pensó que nadie que se jacte de ser un novelista puede quedar satisfecho con una obra de quince páginas, en las cuales, por cierto, no queda bien resuelto el asunto de la personalidad de los personajes y la definición de las estructuras espacio-temporales.

Pronto, el escritor lamentó su labor, y para curarse

en salud le sacó a aquellas quince paginitas el corazón y el espíritu, su palpitar, e hizo un poema sin ton ni son, sin vela ni brújula, que, por cierto, pronto encontró un editor y un crítico benévolo que lo elogió como se elogian las cremas reductoras o las pastas anticaries.

La mano

Tamborilea sobre la mesa mientras espera la sopa de lentejas. Coge una pizca de sal, que dirige a la boca, y luego baja, se detiene en la rodilla y la rasca con los tres dedos mayores. Sube de nuevo, se posa sobre la mesa y se queda detenida ahí, tamborileando espaciadamente. Cuando le arriman el plato de sopa de lentejas, coge la cuchara y empieza a removerla en el interior del plato, haciendo círculos con la intención de que se enfríe. Pasados unos segundos, quizá minutos, suelta la cuchara y vuelve a detenerse sobre la mesa, tamborileando con cierta desesperación. Después, se empuña y tumba el jarrón de agua que está al centro de la mesa. Momento más tarde, casi en fracciones de segundo, golpea la boca de una mujer que viene cargando una bandeja con lechuga fresca, jitomate en rajas y zanahoria sin cáscara. Finalmente, se queda detenida sobre la mesa, exhausta, agitada, con un poco de sangre en los nudillos.

Historia de encuentros

Conforme se acercaba, aquello que parecía un bulto informe se fue convirtiendo, para su perjuicio, en un hombre vestido de mujer. Bajó la velocidad de su auto y se detuvo justo al lado de lo que ya, sin duda, era uno de esos travestidos que aprovechan la noche para camuflarse y sorprender a sus víctimas. Cuando el travestido lo miró con sus ojos oscuros de pestañas enormes, una fuerza incontrolable en su interior lo hizo cambiar radicalmente de perspectiva. Debió haber continuado el trayecto, pues eran casi las dos de la mañana y al siguiente día tenía que estar temprano en la universidad, pero en lugar de ello invitó al paseandero a que subiera al auto. Salieron de la avenida y cogieron la carretera, con rumbo al hotel de paso. Estuvieron varios minutos en el aparcamiento de la habitación, mirándose con el rabillo del ojo, toqueteando el volante, la manija del retrovisor, un gesto nervioso, una breve sonrisa, hasta que por fin se animó a entrar, movido de nuevo por un impulso arrebatado del corazón. Sentado en una esquina de la cama, con la luz encendida, no logró dar crédito a lo que vio: el invitado se fue despojando poco a poco de sus vestiduras y perifollos (peluca, maquillaje, uñas, pestañas, miedos, piel) hasta quedar convertido en una bella mujer. Así entraron en la cama, y toda la noche fue de encuentros y desencuentros, naufragios y resurrecciones, como sucede en las historias de amor que no terminan.

La mariposa y la muerte

El chorro de agua llega hasta la buganvilia en flor. Me gusta oír su borboteo, me relaja que se derrame y lo inunde todo, refrescando el aire. Pienso que voy a morir un día de tantos realizando este hecho tan simple, como puede ser regar la buganvilia. Nació sola y pensé que esa podría ser una muerte apacible, sólo mirando, sin decir nada, sin tener tiempo de llamar a mi mujer o a la vecina, que siempre está al tanto de lo que me sucede. Cerrar los ojos nada más. Y adiós.

Me llega la esperanza de que así sea, por eso lo quiero dejar escrito aquí, en un día de tantos. Una mariposa llega y coquetea con el chorro de agua, se detiene en una rama de la buganvilia. Una mariposa puede ser poco o mucho desde el punto de vista que se le vea. Para el que piensa en la vida, una mariposa se vería muy bien en una exposición, atravesada por un alfiler. Para el que piensa en la muerte, en cambio, una mariposa es más que vuelo. Nadie piensa en esta mariposa ahora que lo pienso. Pasa desapercibida por todos, el mundo es demasiado ancho y ajeno para ella, aunque su ser lo abarque y lo inunde todo, como el chorro de agua o mi vida.

En defensa propia

*Los rebeldes de ayer son siempre los
déspotas de hoy.*

J. SCHERR

Camine por ese pasillo, señor dictador, y abra la
puerta que hay al final, a su lado izquierdo. Se encon-
trará con una calle ancha, que lleva y trae vehículos.
Suba al auto negro y coja el carril que va. No haga caso
a retornos ni a vueltas a izquierda o derecha. Siga usted de frente, de frente siempre, señor dictador. Cuando llegue al desbarrancadero, bájese usted del auto,
coloque las puntas de los pies en el borde del abismo
y, sin pensarlo dos veces, arrójese. No lleve consigo
teléfonos celulares ni paracaídas. No llame para dar in-
dicaciones. Cancele sus citas con las cámaras empre-
sariales y los organismos eclesiásticos. Si algo debe
tener fijo en la mente es la inamovible idea de desapa-
recer. Tenga la seguridad de que las generaciones ve-
nideras y los productos de su sucesión se lo agradece-
rán por siempre.

La mujer transfigurada

Bajaba del edificio e iba a comprar el pan en la tienda de la vuelta. Había una en la esquina, bien avituallada, por cierto, pero le gustaba más la tienda de la vuelta porque la muchacha que había ahí le decía buenos días de una forma extraña, curiosa. Buenos días, decía, y sin que él le pidiera el pan de todos los días, y sin mirarlo siquiera, iba, metía el bollo en la bolsa de cartón y se lo entregaba. Sin él preguntarle cuánto es, sacaba también las monedas justas y pagaba. Todos los días lo mismo. El hecho lo dejaba con una cierta sensación de recogimiento, de refugio, como si algún lazo desconocido lo atara a esa muchacha de cabello rizado y uñas largas que solía sonreír por nada. No se atrevió a decirle a su mujer que la muchacha de la tienda de la vuelta había logrado suplir los defectos o carencias que ella tenía, y que bastaba con pensarla para ser tolerante a ciertas cosas que antes le llenaban de rabia, como el polvo que invadía sus libros o los objetos que con frecuencia olvidaba en cualquier parte. Poco a poco la muchacha de la tienda de la vuelta fue ocupando invariablemente un sitio importante en la casa, y él la fue aceptando como si fuera igual de real o más que su mujer, quien en más de una ocasión llegó a interrumpirle la siesta sólo para preguntarle de quién eran las sandalias que estaban debajo de la cama o de quién las pastillas para el insomnio que acababa de encontrar sobre la mesita del estudio, a la hora en que la puerta de entrada era abierta y cerrada por el viento.

Ser otro

De pronto, al cerrar la puerta tras de sí, olvidó dónde estaba. Volteó hacia un lado y hacia otro sin lograr conseguir un punto de la ubicación, un árbol, la fachada de una casa, el automóvil estacionado al lado de la cerca. Los objetos estaban ahí, en el mismo sitio, pero la representación que de ellos tenía en la mente se había transformado. Mejor dicho: no sabía si era él el que había mudado de paisaje o si el paisaje, en todo caso, lo había dejado fuera de sí. Intentó entrar de nuevo a casa, pero se dio cuenta de que había olvidado las llaves dentro. En un momento sintió miedo, como si hubiese llegado a un país extraño y lo hubieran recibido con un portazo en la cabeza. Dio un par de pasos, miró hacia un lado de la calle y hacia el otro. Volteó a su casa, la miró con cierta incredulidad y avanzó por la acera rumbo a la avenida donde acostumbraba coger el taxi. En la esquina, se dio cuenta de que había errado el camino. La esquina era otra, la mujer que barría la calle no era la acostumbrada mujer con la que se detenía a charlar mientras esperaba el taxi. La casa de dos pisos de contraesquina era de otro color, incluso el coche que había en el estacionamiento era distinto. La tienda de abarrotes que estaba más adelante era ahora una farmacia. Quiso regresar, pero al girar la vista se dio cuenta de que el paisaje había cambiado radicalmente otra vez, aunque alcanzaba a distinguir, a lo lejos, un ángulo de su casa. Cuando se subió al taxi, el chofer le dijo: «Gusto en verlo, don Sebastián, dónde se había metido». Por ahí, recuerda que dijo, y se miró el abdomen abultado que antes no tenía y se estiró el bigote con la ingenua esperanza de reconocerse.

Historia de encuentros II

Subió al metro con el periódico bajo el brazo. La noche fría, el airecillo que le volaba el pelo, la gente que subía y bajaba, un niño con un perro al fondo de la estación, fueron quizá indicios, certezas de algo. Como miraba a través de la ventanilla, no reparó en la mujer que se había sentado a su lado. Sintió un calor extraño en su mirada. Los autos pasaban y se perdían en una calle o al final de la avenida. Había sido un día como cualquier otro, de trabajo y llamadas a los proveedores. La noche iba invadiendo los escaparates y los restaurantes. De pronto, sintió el brazo de la mujer en su hombro, rodeándole el cuello. No dijo nada. Quizá en algún tiempo, en alguna otra vida, había compartido con ella algunas preocupaciones, algunos deseos. Le cogió la mano y empezó a acariciársela, como el que con ello se sabe protegido. Dos estaciones más adelante bajaron, tomados de la mano. Sin decirse nada, sin mirarse siquiera, caminaron hasta su departamento. Subieron la escalera. Cerraron la puerta tras de sí. Ella fue al baño, que reconoció como si en algún tiempo, en alguna otra vida, lo hubiese compartido con él. Mientras orinaba, silbó un villancico. En la mesa había un florero con flores marchitas, en la cocina trastos sucios, en el sofá un gato. Entraron en la cama, desnudos. Pasaron la noche sin decirse una sola palabra. A la mañana siguiente, la mujer se levantó, comió un poco de cereal, miró el cajón para cerciorarse de que todavía permanecían ahí las tijeras para cortar cartón, y se marchó, complacida. Horas más tarde, él bajó las escaleras con la esperanza de encontrar un taxi. Parado en la bocacalle, rogó a Dios entrar de nuevo en la estación equivocada.

La mujer que tenía una mosca en la nariz

Le habían sucedido las peores calamidades de que se tenga noticia. Sus antiguos amigos de carrera, y sus actuales compañeros de trabajo, le sacaban la vuelta porque decían (entre cuchicheos, obviamente) que esa mujer llevaba la fatalidad encima. Era una mujer guapa, y había permanecido soltera más por convicción que por destino. De cualquier modo, nada le importaba que las cosas le hubieran ido mal siempre, pese a su optimismo y, sobre todo, su disposición de servicio. Le gustaban los chocolates y las aceitunas, y en las tardes se distraía mirando las tiendas de zapatos en los centros comerciales. Una cosa que le encantaba era cortarse las uñas de los pies y tomar té de Jamaica. Sin embargo, su felicidad se vio interrumpida el día en que se le paró una mosca en la nariz. Pensó, como todos, que sería una cuestión momentánea, y por eso hasta se disculpó con la visita, diciéndoles que por favor no lo fueran a tomar a mal, pero que esas cosas solían sucederle con frecuencia. La visita se sintió un poco apurada al ver que la mosca seguía impertérrita en la nariz de la mujer, y por eso decidieron terminar con las anécdotas que tanto las hacían reír para pasar a mejor asunto. Se despidieron con un beso en la mejilla, deseándole a la mujer dulces sueños. La mujer, por su parte, apenas cerró la puerta trató de echar de la casa a patadas al bicho, pero fue imposible, sólo conseguía magullarse la piel y estropear los enseres domésticos. Los días que vinieron fueron desatinados, inclementes, pesarosos, hasta que poco a poco se fue acostumbrando a ese zumbido insistente que, lo quisiera o no, le alegraba sus ratos de ocio.

El escritor sin obra

Anda por la ciudad (en cafés, en jardines, en tertulias) un hombre que se ha ganado a pulso el título de escritor. Cuando le preguntan por una novela o por un autor desconocido, él no se demora en ofrecer un análisis pormenorizado que siempre, o casi siempre, deja impávido al interlocutor. Regularmente, crea encuentros fortuitos para anunciar los libros que está leyendo, y, al menos dos o tres veces por semana, aparece en las librerías llenas de curiosos y compra las últimas novedades editoriales del mes, no sin antes dejarles por ahí el dato de que la obra monumental que está escribiendo va viento en popa. Todo el mundo lo aprecia y lo respeta, y a él eso se le da un gusto tremendo. Conoce las últimas técnicas de la narrativa contemporánea, las corrientes más insospechadas de la poesía, los intríngulis del ensayo, los vericuetos de la historia de la literatura comparada, etcétera, y nada más por eso los que se acercan a él lo hacen con cautela y mesura, no vaya a ser que les cierre la boca con algún juicio aplastante. Alguna vez envió una reseña al periódico, pero pronto desistió de la idea de publicar porque sería muy tonto echarse enemigos encima. Así, no tardó en convencer a la gente que se le acercaba para preguntarle por su obra monumental, que en verdad había dado un giro radical a su proyecto. Nunca explicaba en qué consistía dicha metamorfosis, porque —lo sabía— nadie lograba llegar a sus profundas disquisiciones. Debe tratarse de algún prodigio, cuchicheaban los que ansiaban entorpecerle el éxito. Pero él no hacía caso, pues ya bastantes pesares le ocasionaba ser el personaje de su vasta realidad soñada.

Privilegios de la telefonía celular

En los tiempos que corren es ya imposible sustraerse de llevar un teléfono celular. Los perjuicios parecen inofensivos y son tan grandes los beneficios que pretender renunciar a ellos sería no menos que una torpeza. Te estabas tardando, me dijeron al unísono mis compañeros de oficina, y yo, al escucharlos, me sentí hombre nuevo, como si hubiese encontrado la llave de la felicidad. Pronto agregué a mi lista los números telefónicos de amigos y familiares, y no tardé en ponerle el suficiente crédito para que no me dejara, como dicen, «a la mitad de la platicada». El primer mensaje que llegó a mi buzón me conmovió: «Julio, si no me respondes te juro que me mato. Perdóname ya, por favor». Era una noche fría, de mucho aire. Pensé que tal vez la remitente de ese mensaje estaría pasando un momento ingrato. La vi echada en su cama, empapada de tanto llorar, sola, deshilachada. Quise contestarle diciéndole que se había equivocado de número, pero de inmediato rectifiqué, sentí que en mis manos —y sólo en mis manos— estaba evitar una tragedia. Pulsé responder y escribí: «Me moriría si lo hicieras. Te amo». Pocos minutos después timbró mi teléfono insistentemente. Dudé en contestarlo, pues pensé que la mujer a la que hacía nada había pretendido salvar-le la vida llamaba para reclamarme. ¿Qué le diría? El timbre se apagó y segundos después volvió a sonar con insistencia. Se apagó de nuevo y volvió a sonar. Esta vez, contesté, porque algo me dijo de pronto que uno no es nadie para intentar darse el destino que la vida nos niega.

La frontera

El parque dividía su doble vida. Bastaba cruzarlo para pasar de un hombre casado, con un buen sueldo, dos hijos y un automóvil último modelo, a un gregario relojero, viudo y con una hija a punto de terminar la carrera de medicina. No podía evitar cumplir ambos roles, y no se sentía satisfecho si, al menos una vez por semana, no llevaba a una y otra casa un poco de lo que era su doble vida. Una mañana, por ejemplo, se levantó y le dijo a su mujer: ha caído en mis manos un Orient con manecillas de oro. No sabes cuánto me recordó al que me dio mi madre el día que nos casamos. Pero ¿qué acaso tu madre fue a nuestra boda, Ernesto?, preguntó su mujer sorprendida. Otra tarde, mientras su hija se arreglaba para ir a la Facultad, se acercó y le dijo casi al oído: tus hermanos quieren conocerte. Todos los días me preguntan por ti. Ella, como sabía de las ocurrencias de su encorvado padre, se limitó a contestarle, como siempre: yo también me muero por estrecharlos en mis brazos. El parque que dividía su doble vida se rodeaba de grandes árboles, de pequeñas veredas que se confundían al anochecer. Había farolas para los transeúntes y bancas para las parejas de enamorados. Era tan virgen, tan diáfana la espesura, que en los días claros podía el hombre incluso mirar su doble vida, mirarla apacible-mente y después cerrar la ventana, complacido de no tener que darse explicaciones.

El amor que yo quería contar

Esta quería ser una larga historia de amor, una historia de un hombre y una mujer que se conocieron un día en el centro comercial, mientras ella miraba con detenimiento unas zapatillas rojas y él, del otro lado del cristal, amorosamente, la miraba mirar. Esta quería ser la historia de un hombre y una mujer que toda su vida ensayaron sus pasos para poderse encontrar. Quería la historia que el hombre abordara a la mujer, la invitara a un café, a un salón de baile, la invitara a amar. Quería esta larga historia que nadie estuviera detrás: ni Dios, ni el diablo, ni el azar. Sólo la mujer y el hombre saliendo del brazo, amorosamente, del centro comercial. Después vendrían los hijos, las promesas, las noches de frío, el té de las diez, los besos con sabor a lluvia. Después vendrían sus paseos por el jardín, el cine, las reuniones con amigos, las breves pero sustanciosas alegrías. Hubiera sido bellísimo que el hombre la invitara a amar, pero la mujer, inesperadamente, y sin advertir la larga historia de amor que yo quería contar, se dio la media vuelta y se perdió en los pasillos del nunca jamás.

En el vasito una flor

Siempre hay en una esquina de mi pequeño escritorio un vasito con una flor de buganvilia. Puede no haber libros, plumas, mi taza de té, una revista de arte, mis cigarros, etcétera, pero el vasito con una flor de buganvilia, una flor rosada como la mejilla de una niña rusa, siempre está en una esquina de mi pequeño escritorio. Tal vez nadie haya reparado en eso, quizá en verdad el asunto carezca de importancia. Quién lo sabría. Lo cierto es que en mis noches de placentera lectura hay momentos en que me ocupo en observar la flor, en mirarla detenidamente. Me pregunto: ¿sentirá esta flor mi amor?, ¿sabrá acaso que en ocasiones, estando en la oficina, me detengo a pensar en ella?, ¿sabrá que me preocupa que la seque el viento o que la tire una mano equivocada? No pretendo ir a ningún lado con esto, no quiero incluso incomodar a nadie con estas nimiedades. Es sólo que en una esquina de mi pequeño escritorio hay un vasito con una flor de buganvilia, una flor bellísima que ahora mismo quiere decirme algo que se le olvida.

La mirada oblicua

Fuimos entrañables amigos en la secundaria. Comíamos en el mismo plato. Él era inteligentísimo y quería ser diputado o dirigente sindical, y yo era más bien torpe y no tenía bien claro nada, salvo que, por consejo de mi madre, debía aprender de él constancia y disciplina, carácter y perseverancia. Por eso, cuando hace poco lo vi por la ventana anunciando frutas y verduras en una camioneta vieja, me sentí conmovido. Me acerqué, corrí la cortina y fijé la vista: no podía ser otro. Dejó el altavoz y se bajó a despachar a una señora que se acercaba con una bolsa de mandado y una niña en brazos. Pretendí salir para abrazarle, para decirle que mi casa era su casa y para demostrarle el enorme gusto que me daba encontrarlo después de más de quince años de extravío. No pude. Desde la ventana me quedé observándolo con los ojos mojados de nostalgia, pidiéndole a todos los ángeles que el vecindario entero le comprara toda su mercancía. Al subir de nuevo a su camioneta y darle marcha, me quedé tumbado en el sofá. Al poco rato, mi mujer llegó y me preguntó: ¿te pasó algo, Rogelio? Nada, le dije rebotando las palabras, es sólo que acabo de confundir a un vendedor de fruta con un viejo amigo que hoy, seguramente, estará legislando en el Congreso de la Unión.

El hombre que daba vueltas alrededor de la fuente

En la Plaza de las Tendillas conocí al hombre de traje deportivo y paraguas. El hombre llevaba siempre en el hombro una paloma y no hacía otra cosa más que dar vueltas alrededor de la fuente. Era curioso verlo. Se detenía un instante para dar paso a la señorita de caminar apurado o a la señora de peinado exótico, murmuraba un instante y luego continuaba su andadura. No levantaba la cabeza, sólo estiraba los ojos hacia arriba con una ligera pero enigmática condescendencia. Yo lo miraba desde la banca, en espera de un movimiento en falso. Pensaba que el hombre, de un momento a otro, saldría del jardín corriendo un lunes para no detenerse hasta el domingo. Creía que, al más sensible parpadeo, caería al suelo muerto de risa o se echaría un clavado olímpico en la humedad que dejaba el chorro de la fuente. Todos los días la sensación me invadía, y eso me preocupaba porque, a decir verdad, no lograba sentirme del todo feliz. El hombre que daba vueltas alrededor de la fuente, sin embargo, parecía despreocupado, caminaba como si hubiese salido el sol esa mañana y, en ocasiones, se daba el lujo de tirar el cigarrillo a la alcantarilla, sin habérselo fumado antes. Debe de estar loco, pensé una tarde, y yo creo que tal vez el hombre alcanzó a leerme el pensamiento, porque al día siguiente vino a sentarse al lado mío, justamente cuando yo me levantaba para espantar a las palomas.

Espalda de mujer

Habían quedado en verse un día cualquiera, a una hora indeterminada, en una habitación incierta. Ella le había contado sus deseos, quizá estaba más sola de lo que creía, su soledad la asfixiaba, salir a caminar por las calles llenas de tiendas y turistas no era suficiente. Por eso le había dicho que lo amaba, se lo escribió de súbito mientras hablaban de un cuadro de Chirico o un poema de Wallace Stevens. No lo recuerda. Él tenía que acomodar sus cosas, preparar sus maletas, escaparse de sí mismo para ir en su busca. Un fin de semana le bastaba. Quizá él entraría en la habitación y dejaría que ella se despojara de sus sandalias, pisara la alfombra tibia con sus pies descalzos, entrara en la cama, desnuda. Lo que quería era que encendiera el televisor, mirara cualquier parte, el marco de la ventana, la flor en el vaso. Entraría en la cama y lo que quería realmente era apoyar su cabeza en su espalda, besarla, mirar el televisor, trazar unas líneas en su cuerpo, un arco, un círculo, volver a besarla, mirar el televisor, pensar en lo que habría al cruzar el umbral de la puerta. Que ni ellos mismos se dieran cuenta de su necesidad de amar, porque amar así no sería un compromiso. Sólo enredarse entre las sábanas, entrarse, salirse, olvidar. Al final él se inclinaría para besarla, tibiamente, y ella se dejaría besar, dormida, despojada, como si en realidad se hubiesen besado dos fantasmas.

En defensa del oficio

Los que no escriben saben que escribir es fácil. Que para ello sólo es necesario un jardín, una mujer y un hombre que, por alguna circunstancia de la vida, ha olvidado la cita. Los que no escriben saben que eso es suficiente para escribir una novela o un cuento, según si en medio del hombre y la mujer interviene un tercero con intenciones de contrariarlo todo. De eso dependen la extensión y la intención de la historia. Sin embargo, los que escriben piensan todo lo contrario, y si se empeñan en estar horas enteras frente a la página en blanco, quemándose las pestañas y la sesera, creando largos e intrincados argumentos, es sólo porque quisieran encontrar, finalmente, esa verdad que de tan buena fuente saben los que no escriben.

Homenaje a Alfonso Michel

Me quedé absorto con un pequeño cuadro que estaba casi al final de la galería. El cuadro no tenía título ni estaba fechado, pero mostraba a una mujer de vestido y sombrero negros que apoyaba el codo izquierdo en una mesa que parecía ser la de un bar. La mujer, en una actitud de contemplación o espera, de pérdidas y desolación, me recordó aquellas tardes en que yo bajaba al bar de aquel hotel parisino a beber un poco de vodka en las rocas y a fumar cigarrillos *Delicados*, los últimos que me quedaban de la reserva que había previsto llevarme el día que decidí cruzar el Atlántico. La mujer del cuadro me tenía cautivado. Su rostro me era familiar. ¿Dónde lo había visto antes? Cuando salí de la exposición, y caminé calle abajo, el rostro de la mujer seguía en mi memoria, crecía conforme avanzaba, se delineaban cada vez más sus rasgos, como si el destino o el deseo me llevara a descubrir su nombre, ese nombre terrible del que —lo sabía— juré no acobardarme jamás.

Con los pies en el agua

Estoy en 1982. Llevo puesta una camisa sin mangas y un pantalón corto. Tengo los pies metidos en el agua fría del estanque y miro la otra orilla con incredulidad. A mis espaldas mi padre y mi madre hablan de lo rápido que he crecido. Dicen que soy un buen niño, que ya no me caigo al correr, que seguro sanaré pronto. Yo arrojo piedritas que hacen ondas que llegan hasta la otra orilla. Recuerdo que estoy triste y que no hay canto de pájaros en los árboles. Es una tarde apacible. De pronto, escucho que mi madre le pregunta a mi padre: ¿crees que debamos decírselo? Yo no asisto a la respuesta, me dejo caer en el agua y empiezo a nadar con toda la fuerza de mis ocho años hacia la otra orilla, seguro de que nadie —ni la vida— podrá detenerme.

La eternidad y su objeto

Todas las noches, después de leer un poco o de anotar algunas palabras muchas veces inconexas en mi libreta de bolsillo, me detengo en la contemplación de los objetos que rodean mi cuarto de libros. Es una costumbre hacerlo ya. Es entrada la madrugada. Observo el lomo de las enciclopedias, el polvillo de las celosías, las grietas en la madera de los libreros, los bordes de la pipa que compré en La Habana, las manchas del caracol que traje de playa El Paraíso. Detener la mirada en las patas de la mesa, en el lienzo de mi autorretrato con guitarra, en una veta de la puerta tiene para mí un significado vital. Poco a poco he ido traduciendo el susurro de los objetos, sus silencios, y ellos a su vez, estoy seguro, se reconocen en los míos, y hurgan en mis huesos, y saben lo que hay detrás de mi piel, y lo que he perdido como hombre y lo que deseo, y en ocasiones, cuando mi cenicero o el vaso de la buganvilia quieren, por ejemplo, hablarme de la eternidad, se dejan caer al suelo sin quebrarse, que es la manera de decir que la eternidad existe y yo soy otro.

El extranjero en su casa

Había leído tanto sobre la importancia que tenía para el escritor vivir fuera de su patria, que resolvió irse a como diera lugar. Aunque sabía que en la otra orilla le esperaba una vida llena de pesares y noches sin dormir, una vida de trabajos forzados y largas esperas, la pasión por abandonarse a la suerte en otro país la tenía intacta. Sin embargo, los mil y un intentos fueron frustrados justo cuando iba a abordar el avión o el autobús, o cuando salía de su casa para coger el taxi, o cuando le llamaba alguna amiga para rogarle que no lo hiciera, que por favor lo pensara dos veces. Por eso, y por otras razones que no viene al caso explicar aquí, se quedó finalmente, pero juró que de ahora en adelante sería un extranjero más en su casa, y todo lo que viera lo vería con extrañeza, y todo lo que tocara lo tocaría con asombro, y todo lo que sintiera lo sentiría con acendrada nostalgia, porque de otra manera sabía que no iba a poder sobrevivir ni él ni, desde luego, esos libros que nunca escribiría.

Breve historia
del mundo contemporáneo

Acababan de dar las once y media de la noche cuando salí a comprar cigarrillos. Caminé distraídamente, pensando en el poema que momentos antes escribía, y sin querer tropecé con una niña que estaba sentada en la jardinera de la casa amarilla. Le dije perdón, sin querer también, y continué mi trayecto. No sé por qué se me grabó su rostro triste, su cuerpecito al que le faltaba un brazo, su cuerpecito muy delgado. Al regresar, me detuve y le dije que si vivía por aquí, que qué hacía a estas horas de la noche una niña tan bonita, que si necesitaba ayuda. Los ojos de la niña me miraron con una tristeza enorme. No quisieron decirme nada, tal vez sólo que la dejara en paz, que ya no habría tiempo, que así es la vida. No abrió la boca ni levantó la mano para decirme adiós siquiera. La niña se volteó y siguió con la mirada fija en el pilar de la casa de enfrente, abstraída del mundo, perdida de sí, sin saber que yo me fui pensando en ella, sufriéndola, y que toda la noche la arropé con pensamientos de salvación, y toda la mañana, invariablemente, la conduje por caminos de infinito.

El oficio

En realidad, la historia que yo quería contar este día la olvidé en el buró de mi habitación. La había tramado toda la noche y me juré transcribirla apenas pusiera un pie en el suelo, pero por una cosa u otra salí de casa corriendo y me fue imposible. Recuerdo vagamente que la historia involucraba a una mujer y a un hombre, y que mucho de lo sucedido había sido culpa de un cura o una comadre. Al parecer, la mujer le había propuesto al hombre fugarse a un país lejano, rentar un departamento barato en algún suburbio y pasado el tiempo escribir a sus respectivos cónyuges explicándoles los motivos de la decisión. La historia, como puede apreciarse, era una historia común y corriente, pero como su desenlace se me imponía cruel y doloroso no quise darle más vueltas hasta que no lo tuviera frente a la máquina de escribir. Afortunadamente, ahora que lo pienso, olvidé la historia en el buró de mi habitación y nada pude hacer para remediarlo, pues cuando intenté reconstruir de nuevo aquella trama se me llenó la hoja en blanco de cascadas, niños y pájaros que se están por volar.

Entrar, salir

Al llegar a los límites de entrada y salida del centro comercial, el hombre se detuvo bruscamente. Fijó la vista en las puertas cerradas del acceso y, con terror, se dio cuenta de que había olvidado qué significaba la palabra entrar y qué la palabra salir. Dudó entre volver los pasos donde el guardia o arrojarse con osadía hacia las afueras. Las puertas permanecían inalterables, no había nadie en ese momento que quisiera traspasarlas. Por miedo o desánimo, apretó los puños y bajó la cabeza. Como siempre supo que la muerte y la vida escondían sus señales bajo la presencia de acontecimientos minúsculos y casi irrisorios, el hombre pensó que quizá este hecho aparentemente pueril era en realidad una prueba de fortaleza y templanza, así que avanzó con firmeza en dirección de la puerta que decía entrada aun cuando la voz desesperada de una mujer cualquiera le indicó que iba en el camino equivocado.

Aeropuerto

Será una mujer delgada, de pelo lacio, de blusa gris. Estará recargada en el enorme ventanal. Sólo yo la veré. Todas las demás personas estarán metidas en sus asuntos, hablando de cosas que parecerán importantes. Ella no. Con la mirada hacia la pista de vuelo y sus manos abatidas sobre sus piernas, llorará con un llanto contenido, silente. Yo no conseguiré distinguir el temblor de sus lágrimas, no sabré si su llanto será de espera o despedida. Se me hará inconcebible que nadie, nada, la volteará a ver con la extrañeza con que yo lo haré. La gente pasará indiferente al lado suyo, los niños casi se le encaramarán cuando intenten subir al pequeño muro que divide el ventanal, los diablitos cargados de maletas estarán a punto de atropellarla, y, sin embargo, eso no ocasionará la más mínima perturbación, el más leve exabrupto entre ella y los otros. Entonces ya no podré soportarlo, y me levantaré de la silla para acercarme a ella, para preguntarle cualquier cosa con el fin de iniciar un diálogo que me lleve a saber cuáles son sus motivos, pero cuando intente avanzar, la mujer caminará por entre la gente hacia el pasillo contiguo, y la gente no se dará cuenta de que ella atravesará sus conversaciones trascendentales, y luego saldrá por la puerta de salida y se perderá al fondo de la calle, para después volver cuando yo ya no sea yo o me haya ido.

Lavandería

El amor me nació una mañana de estas en que fui por mis camisas y la mujer de la lavandería me dijo: «Con sólo olerla puedo saber cuál es su ropa, señor». Luego, sin siquiera yo preguntárselo, agregó: «Piense lo que quiera, pero yo sé qué camisa se pone los lunes y qué pantalón los martes, e incluso, señor, he llegado a adivinar que el color azul lo usa más bien en los días tristes y el rojo en los afortunados». Las palabras de la mujer, mezcladas con el aire fresco de la mañana, me extraviaron los pensamientos. No me cabía saber que esta mujer a la que yo no le dedicaba nada de mi vida ni de mis recuerdos o deseos, esta mujer que no me significaba un temor o un coraje, sufriera al verme pasar rumbo a la oficina o se alegrara al verme regresar, cansado, por la tarde. No me cabía saber que esta mujer gozaba mi felicidad sin yo saberlo y padecía mis nostalgias incontables, todo esto sin la esperanza de recibir una sonrisa o un abrazo. Ahora que me he sentado a escribirlo, ahora mismo que lo escribo, pienso en esa mujer de la lavandería, la veo tumbada en el sillón de su sala, dormida, con el televisor encendido, y me viene la certeza de que el amor de la que ama nunca estará solo aun cuando el amor del amado no le sea correspondido.

El hombre que calla

Los vecinos de al lado están de fiesta. Por las voces que entran por la ventana a mi cuarto de libros, puedo saber que hay una mujer que habla demasiado, un hombre que calla y dos niños que se debaten una pelota. Hay alguien más, es cierto: es una niña que dice *mamá, agua,* y que golpea con un tenedor o un palito la mesa en la que están reunidos. La mujer que habla demasiado acaba de enviar a uno de los niños por una botella de vino. Le ha indicado que está debajo de la alacena, que vaya y la traiga, por favor. El hombre que calla no ha dicho nada, aun cuando sabe que dos días antes se bebió la botella en un arrebato de tristeza. El hombre que calla se lo ha querido advertir a la mujer que habla demasiado, pero ha preferido no hacerlo. El niño ha vuelto y, un poco sorprendido, ha dicho que debajo de la alacena sólo hay una botella de vino vacía. Antes de que termine de escribir esto o aquello, tengo la intención de salir para pedirle a los vecinos de al lado que bajen un poco la voz, porque su escándalo está interrumpiendo mis pensamientos. Pero quizá por la esperanza de que el hombre que calla diga por fin lo que la vida le pesa, no lo hago.

Homenaje a Agustín Yáñez

Llegaba del acostumbrado paseo por el jardín, cuando, al meter la llave en el ojo de la cerradura, sentí la presencia de mi abuelo, su imagen recostada como caída pero plácida en el sofá de su biblioteca. Aquella tarde y ésta se unieron en un solo paisaje, y a mí me pareció que estar entrando a casa era también estar entrado a la biblioteca de mi abuelo. En el día sin edad, suspendido en el aire del tiempo, fue fácil recordar aquella enseñanza sin palabras. Mi abuelo leía *Flor de juegos antiguos*, de Agustín Yáñez, un libro que me daba la impresión de que no quisiera terminar nunca. En su escritorio había siempre muchas obras que así como llegaban, se iban. *Flor de juegos antiguos*, no. Siempre estaba en una esquina de su mesa de trabajo, con un separador en el medio o con las páginas abiertas, detenidas por una plaquita de metal. Mi abuelo, aquella tarde, me alcanzó con la mirada y me empezó a leer uno de los episodios, ese en el que el personaje niño se sube a la atalaya y empieza a imaginar lo que hay al interior de las casas vecinas. Mientras mi abuelo leía, las horas y los minutos se me acumulaban como frazadas de agua en el páramo que entonces era mi infancia. En un momento de la lectura, recuerdo, me vi hombre ya, con mujer e hijos, sin mi abuelo, pensando en el tiempo ido y entrando a casa después del acostumbrado paseo por el jardín.

El hombre que olvidó
las maneras de vivir

Lo conocí en el tiempo en que trabajé en el Ministerio Público. Lo sentenciaron a quince años de cárcel por fraude y abuso de confianza, robo y algún otro delito que seguro no recordaré. Su defensa la hizo él solo, porque su hija, que era lo único que tenía, lo abandonó a la mitad del juicio y los abogados —incluso los de oficio— le cobraban una barbaridad. Yo le tomé varias declaraciones ministeriales y rectificaciones de hechos. Platicábamos mucho. Nos caímos tan bien, que yo —subrepticiamente— le regalé mis códigos penales y mis libros de jurisprudencia, aquella tarde en que me di cuenta de que lo mío era salir en las mañana a caminar sin rumbo. Los días, y quizá los años pasaron. Yo me fui a España y él siguió en su humilde celda sin ventana. Tenía poco de haber regresado cuando, sorpresiva y gratamente, lo encontré una tarde en la calle. Él me miró sin reconocerme. Su paso era más lento que el de los demás transeúntes. Lo miré entrañablemente y pensé en su suerte. Como cosa de la fatalidad, lo he seguido encontrando. Lo he visto en una banca cercana al puente del río, solitario, fumando. O en una calle poco transitada, recargado en un poste, observando el cielo. O en una fonda del mercado, apartado, enrollando una tortilla, bebiendo un tarro de atole. He estado tentando a acercarme a él, pero he comprendido que sería inútil, que en realidad él no quiere reconocerme, o no quiere reconocerse, o quizá sólo quiere olvidar lo duro que es ir al espejo cada mañana para darse cuenta de que sigue siendo un hombre.

Arte literario

Esto es un diario. En realidad, toda la literatura es un gran diario. Una libreta de páginas innumerables a la que todos vienen a escribir esto o aquello. Una enorme libreta en cuya página final no está escrita la palabra fin. Alguien te decía, es decir un escritor célebre te aconsejaba hace poco no venir a la libreta a escribir lo que escribes. Que está muy bien, que ha gozado leyendo tus extravíos, pero que para tener la aceptación debida, y conseguir el beneplácito de la crítica y la deferencia de las casas editoriales, y luego el abrazo del público lector, y después el abrigo de los dioses, debías despojarte del yo lleno de transeúntes que llevas encima, del yo oloroso a mercados y noches insondables. Que eso no responde a las leyes de la oferta y la demanda, y que el asunto de la literatura es así, y que qué le vamos a hacer, te decía. Pero como tú eres impertinente, y necio, y tonto, y aún crees en los milagros, hoy que te levantaste pediste otra vez a Dios que tus palabras sigan siendo como esas piedras que se encuentra uno a la orilla del camino o como esos pájaros sin nombre que nadie escucha cantar.

El pájaro, la nada

Como esa mañana amaneció con un sabor de alas en la mirada, fue donde el olivo negro del jardín. Colocó una silla en una abertura del ventanal y esperó a que el pajarillo de todos los días viniera a detenerse en la rama. Anhelaba escuchar su canto. En el sueño de la otra noche, el pajarillo aleteaba en su alma dejando un viento de río en mansedumbre. Así, en espera sigilosa, estuvo hasta las doce del día, hasta la una, pero esta vez el pajarillo de todos los días, el sueño de su canto no llegó. No llegaría.

Los premios

Hace poco me notificaron que gané un premio literario. La voz de la chica que me lo dijo me dio la sensación de que estaba contenta de haber sido ella la encargada de darme la noticia. Por eso, inmediatamente después escribí a mis amigos para compartirles la alegría casi con la misma voz y el mismo placer con el que la chica me dio la enhorabuena. Los amigos todos me respondieron con congratulaciones y fanfarrias, abrazos y apretones de manos, como es el caso. Incluso, yo quedé satisfecho con sus muestras de afecto, aunque prometí que en adelante sólo me limitaría a llamarlos para compartirles mis desgracias, única forma en que puede uno prodigarle al prójimo la verdadera felicidad.

La palabra desnuda

Mi mujer está acostada en la cama, boca arriba, semidesnuda, y ahora mismo recuerda que mis palabras la piensan, que poco a poco mi escritura se va adentrando en ese cielo que son sus ojos despiertos, luminosos, por donde entro yo cada noche sin tener que tocar la puerta. Mi mujer sabe que ella no es si no la escribo, y que cada palabra que dejo caer en la página en blanco le va delineando, paso a paso, una uña, un dedo, luego la mano, el brazo, la nuca, su pelo largo y lacio, hasta quedar como está ahora mismo acostada en la cama, boca arriba, semidesnuda, recordando. Por eso el acto de escribir es como el acto de amar, porque en él uno se va internando sin intuir el destino o paradero, y uno, como en el cuerpo de mujer, va explorando aquí y más allá, nadando a veces en aguas mansas, otras en corrientes subterráneas, cayendo en abismos o remontando cielos insondables, siempre con el deseo de hacer de aquel infierno un paraíso, una salida, un canto renovado.

Bajo la rueda

Escribo en un cuarto de hotel donde me faltas. Estoy escribiendo lo que viví durante el día, como cada noche. En un momento de mi escritura dije que me gustaba salir a caminar para pensarte. Por la calle voy entonces, sin abrigo de nadie, sin rumbo, y en mi avanzar voy descubriendo esquinas en las que tal vez estuve antes, ferreterías, cafés, andadores, plazas. Me he sentado a platicar con el lustrabotas del jardín, y sin querer le he preguntado por su mujer, por sus hijos, por la tarde llena de palomas. Esta ciudad es como tu cuerpo. Estoy escribiendo porque no quisiera que se perdieran en el infinito los ojos de una mujer que vi, ni el estanco de periódicos donde compré un cuentito de Kalimán, ni la banca del jardín donde ahora estoy sentado. Unos renombrados congresistas me han invitado a leer lo que viví durante el día, pero yo he renunciado a ello, me he disculpado, amable y afectuosamente, y he seguido avanzando por la calle desierta.

El hombre que se negó a ser el personaje de esta historia

Lo vi de espaldas en un cuento de Cortázar, asomando apenas la nuca por el sillón de alto respaldo. Antes había leído algo acerca de él, como es costumbre en los relatos de Julio. Tenía pistas y ciertos datos que parecían importantes pero que, en realidad, no lo eran. Tal vez fue eso lo que me conmovió del hombre. Pensé que Cortázar lo había hecho adrede, porque sabía que yo, cualquier día del porvenir, me iba a detener en ello. Julio fue así: se divertía dejando cabos sueltos, eslabones perdidos, carreteras sin acotamientos, todo eso nada más para no violentar las normas de la vida. Yo me disfracé de fama y entré en la historia sin que ningún cronopio me viera. De hecho, lo hice por una hendidura de la pared contigua al hotel donde las famas malvadas se hospedaban. Ahí estaba el hombre, de espaldas. Me acerqué y, sin mayores preámbulos, le pedí que se levantara del sillón y viniera a ser el personaje de esta historia. Le dije que lo haría un héroe de maravillas y que tendría, por supuesto, las tres comidas diarias y el periódico que más le apeteciera. Incluso, le prometí un jugoso salario y un largo viaje por Europa. Pero todo fue en vano. El hombre me miró un instante y continuó su lectura, preso de una fatalidad que sólo pueden sufragar los libros fantásticos y las historias de crímenes.

El espejo

Estaba en tu costumbre —costumbre humana, al fin— mirarte en el espejo antes de partir al trabajo. Era esa la única manera de no olvidar tu domicilio, tu nombre y un par de canciones que aprendiste en la preescolar. Todas las personas hacen seguramente lo mismo, pensabas. Y por eso, solo en tu casa de dos habitaciones y un cuadro original de Chagall, ibas donde el espejo para reconocerte. Sí, en realidad sí encontrabas lo que buscabas: tu nariz chata, tus ojos verdes, tus ojeras, tu barba despareja. Nadie podría negar que eras tú el que aparecía en esa agua inmóvil del espejo, aunque detrás de ti —desde hace algún tiempo— el mundo hubiera decidido no reflejarse más.

Esta mujer, la otra

De pronto sentí que mi mujer era otra mujer, una mujer que había poseído en una habitación distinta y en una ciudad menos lluviosa, y que pese al televisor y la ventana de todos los días, esa otra mujer había ocupado el rostro y las manos de mi mujer, todo ello sin mediar una sola palabra o mirada, como cuando uno dice amor sin decirlo o ama sin reparar en ello. De pronto me sentí extranjero en el cuerpo de mi mujer, un viajero más que arriba a un país desconocido, una calle nueva para un pueblo recién fundado. Entonces subí a un tren sin pasajeros para emprender la andadura en esa otra piel, y me sumergí en sus cañadas y sus valles, y atónito descubrí mares y cielos de bellísimas altitudes. Estuve meses o años bajo esas aguas dulces, y no salí a la superficie hasta que sentí que la otra mujer se convertía de nuevo en mi mujer y yo, sin dejar de ser el otro, había regresado a ser el mismo.

Índice